¡FELIZ CUMPLEAÑOS, DORA!

adaptado por Lauryn Silverhardt   basado en el guión original de Valerie Walsh Valdes
ilustrado por Robert Roper

Simon & Schuster Libros para niños/Nickelodeon
Nueva York Londres Toronto Sydney

Basado en la serie de television *Dora la exploradora*™ que se presenta en Nick Jr.™

SIMON & SCHUSTER LIBROS PARA NIÑOS
Publicado bajo el sello editorial de la División Infantil de Simon & Schuster
1230 Avenue of the Americas, New York, New York 10020
Primera edición en lengua española, 2010
© 2010 por Viacom International Inc. Traducción © 2010 por Viacom International Inc. Todos los derechos reservados.
NICKELODEON, NICK JR., *Dora la exploradora* y todos los títulos relacionados, logotipos y personajes son marcas de Viacom International Inc.
Todos los derechos reservados, incluido el derecho a la reproducción total o parcial en cualquier formato.
SIMON & SCHUSTER LIBROS PARA NIÑOS y el colofón son marcas registradas de Simon & Schuster, Inc.
Publicado originalmente en inglés en 2010 con el título *Dora's Big Birthday Adventure* por Simon Spotlight, bajo el
sello editorial de la División Infantil de Simon & Schuster.
Traducción de Alexis Romay
Para obtener información respecto a descuentos especiales en ventas al por mayor, diríjase a Simon & Schuster Special Sales
al 1-866-506-1949 o a la siguiente dirección electrónica: business@simonandschuster.com.
Fabricado en los Estados Unidos de America 0610 LAK
2 4 6 8 10 9 7 5 3 1
ISBN 978-1-4424-0784-8

¡Hola, soy Dora! Boots y yo estamos en un libro mágico de cuentos en el que hemos tenido muchas aventuras emocionantes, pero ahora estamos listos para regresar a casa. ¿Sabes por qué? ¡Porque hoy es mi cumpleaños!

¿Te gustan los cumpleaños? ¡A mí también! ¡Mi familia y mis amigos me van a celebrar una fiesta de cumpleaños! ¿Quieres venir a mi fiesta de cumpleaños? *Great!* ¡Tengo muchas ganas de llegar a casa para la fiesta!

Oh, no! ¡Un torbellino nos está llevando lejos de aquí! ¡Parece que vamos a otra parte del libro mágico de cuentos! ¡Agárrate fuerte, Boots!

El torbellino nos trajo hasta el mundo Wizzle. Pero no importa. Lo único que tenemos que hacer es saltar fuera del libro mágico de cuentos y al momento estaremos en el bosque tropical. ¿Listos? ¡A saltar!

Hum. El salto fuera del libro no funcionó. Boots y yo todavía estamos en el mundo Wizzle. Los wizzles quieren ayudarnos. Los wizzles nos dicen que la única manera de salir del mundo Wizzle y regresar a casa es que el Wizzle de los Deseos conceda el deseo de que vayamos a casa. ¡Pero el Wizzle de los Deseos no puede conceder más deseos porque no tiene su cristal de los deseos!

¡Mira! ¡Yo tengo un cristal! Los wizzles me dicen que este es el cristal de los deseos. ¡Ahora sólo necesitamos dárselo al Wizzle de los Deseos para que él conceda el deseo de que regresemos a casa! *Let's go!*

Los wizzles nos advierten que tengamos cuidado con la Bruja Mala. A ella no le gustan los deseos. Ella fue quien sacó del mundo Wizzle el cristal de los deseos para que no pudiera conceder más deseos.

¡Vamos a ver al Wizzle de los Deseos! ¿A quién le pedimos ayuda cuando no sabemos adónde ir? ¡Sí, a Map! Map dice que para llegar al Wizzle de los Deseos primero tenemos que cruzar el Lago de la Serpiente Marina, luego el Bosque Bailador y luego el arco iris. Entonces llegaremos al Wizzle de los Deseos ¡y podrá conceder el deseo de que regresemos a casa para mi fiesta de cumpleaños!

Llegamos al Lago de la Serpiente Marina, ¡y allí veo una serpiente grandísima! ¿Cómo podemos cruzar el lago? Ya sé: ¡esa burbuja puede cruzarnos el lago, por encima de la serpiente marina!

Look! Es la Bruja Mala. ¡Está abriéndole huecos a nuestra burbuja! ¡Esto no me gusta ni un poquito!

Mi cristal se está iluminando: la Princesa de la Nieve nos ha enviado un mensaje. Dice que necesitamos la ayuda de nuestros amigos para poder pasar por donde está la Bruja. Si necesitamos ayuda, le podemos pedir al cristal que recuerde a nuestros amigos. Di: "¡Recuerda a mis amigos!".

El cristal nos muestra una vez en que Benny tenía un hueco en su globo de aire. ¿Recuerdas que le llevamos cinta adhesiva para que Benny pudiera arreglar su globo? Nosotros también podemos usar cinta adhesiva para poner parches en los huecos de la burbuja. Tengo un poco de cinta adhesiva en mi mochila. Di "¡*Backpack*!".

¿Ves la cinta adhesiva? ¡Muy bien!

Tenemos que poner parches en los huecos pronto. Pero primero necesitamos contar los huecos. ¡Cuenta conmigo! 1, 2, 3, 4, 5, 6, 7, 8, 9, 10, 11. 11 huecos. ¡Contaste muy bien!

Ahora vamos a poner los parches.

¡Bravo! ¡Cruzamos el Lago de la Serpiente Marina! El próximo paso es el Bosque Bailador. Pero primero tenemos que atravesar este campo de flores.

¡Mira! ¡Una de las flores ha atrapado la cola de Boots! Tenemos que ayudar a Boots. Estas flores hablan inglés, así que tenemos que ayudar a Boots a pedirles que se abran. Di: *"Open, please!"* "¡Abre, por favor!".

¡Lo hiciste! ¡Gracias por ayudar a Boots!

Estamos a la entrada del Bosque Bailador, pero los árboles no están bailando. La Bruja hechizó a los árboles y por eso dejaron de bailar ¡y ahora están tratando de impedir que atravesemos el bosque!

Tenemos que pedirle al cristal que recuerde a nuestros amigos. Di: "¡Recuerda a mis amigos!". ¿Recuerdas cómo ayudamos a los piratas piggies a cruzar bailando los cocos congueros? Apuesto a que si bailamos la conga de los cocos los árboles querrán bailar y tendrán que dejarnos pasar. ¡Mueve la cintura, muévete, muévete!

¡Así se hace! Ya cruzamos el Bosque Bailador. ¿Cuál es el próximo paso? ¡El arco iris! ¡Sí! Gracias por tu ayuda. Ahora sólo necesitamos seguir este camino al arco iris.

¡Vamos!

Uh-oh! El camino se interrumpe. ¿Cómo vamos a llegar al arco iris? A lo mejor ese espantapájaros conoce el camino.

El espantapájaros está llorando. Dice que los pájaros lo asustan, a pesar de que su trabajo es asustar a los pájaros. El espantapájaros dice que nos guiará hasta el arco iris si le enseñamos cómo espantar a los pájaros. Eso es fácil. Para espantar a los pájaros, sólo tienes que decir "¡Buu!". Repite con nosotros: "¡Buu!".

¡Lo logramos! ¡Bravo, espantapájaros!

El espantapájaros señala la dirección del arco iris. ¡Gracias, espantapájaros! Tenemos que pasar el arco iris para llegar al Wizzle de los Deseos. ¿Ves a alguien que pueda llevarnos hasta allá? ¡Un unicornio! ¡Buena idea!

Oh, no! La Bruja hizo que lloviera y el arco iris está desapareciendo.
¡Necesitamos ayuda! ¡Y pronto! Dile al cristal: "¡Recuerda a mis amigos!".
¡Mira al cristal! Nuestros amigos están cantando:

"¡Lluvia, lluvia, deja de llover! ¡Trae al arco iris que lo quiero ver!".
Canta con nosotros.

¡Funciona! ¡El arco iris está regresando!

Ya pasamos el arco iris. ¡Gracias, unicornio! Y ahí está el Wizzle de los Deseos. Está tan feliz de ver que le hemos traído su cristal. ¡Ahora puede conceder deseos de nuevo! ¡Y puede conceder el deseo de que estemos en casa para mi cumpleaños!

Oh, no! La Bruja ha roto el cristal con sus rayos. El Wizzle de los Deseos dice que el cristal de los deseos ha perdido su poder, pero que a lo mejor hay una manera de hacer que funcione de nuevo. El Wizzle de los Deseos dice que voy a necesitar la ayuda de todos mis amigos. Tienen que decir: "Deseo que Dora regrese a casa".

¡Nuestros amigos están deseando que regresemos a casa! Pero el Wizzle de los Deseos dice que el cristal necesita más poder. Sólo falta un amigo: ¡tú! ¿Deseas que regresemos a casa? Di: "¡Deseo que Dora regrese a casa!".

¡Funcionó! ¡Llegamos a tiempo para mi fiesta! No habríamos podido hacerlo sin la ayuda de nuestros amigos . . . ¡y sin tu ayuda! ¡Gracias por ayudarnos a regresar a casa para mi cumpleaños. ¡Este es el mejor cumpleaños de mi vida!

¡Feliz cumpleaños, Dora!